La clé de la vertu

Martine Lady Daigre

La clé de la vertu

Autres livres de l'auteur

La mort dans l'âme, éditions Books on demand, 2 015
Une vie de chien, éditions Books on Demand, 2 015
Neitmar, éditions Books on Demand, 2 014

© Martine Lady Daigre

Édition : BoD - Books on Demand
12/14 rond-point des Champs Elysées
75 008 Paris
Imprimé par BoD – Books on Demand, Norderstedt
ISBN : 9782322158102
Dépôt légal : 06-2 017

À mes lecteurs.

Ce livre est un roman.

Toute ressemblance avec des personnes, des noms propres, des lieux privés, des noms de firmes ou d'établissements, des situations existant ou ayant existé, ne saurait être que le fruit du hasard.

CHAPITRE I

Pauline Valentini se tenait là, raide comme la justice, devant le monticule de terre remuée. Elle avait les yeux secs à force d'avoir trop pleuré depuis ces dernières soixante-douze heures. Les paupières gonflées étaient autant de stigmates du drame vécu. Tout était allé si vite, l'ambulance, l'hôpital et puis plus rien, le vide. Un vide qui l'enveloppait malgré elle.

Elle fit un pas en avant. Elle tendit le bras pour arranger le pot de dipladénia. Elle avait l'impression qu'il penchait vers la gauche. Elle le redressa, l'enfonça dans le sol d'un coup sec et recula pour constater l'amélioration.

Oui, il est mieux ainsi, se surprit-elle à penser.

Elle avait chaud en ce milieu d'après-midi. Elle transpirait. Le chemisier noir lui collait à la peau, la jupe grise, trop large pour sa fine taille, tombait sur ses hanches. Elle se passa un mouchoir en papier sur le visage et sur la nuque en soulevant ses boucles brunes qui lui tombaient sur les épaules. Elle essaya de les lier en un catastrophique chignon qui s'écroula aussitôt en libérant la chevelure.

Je suis ridicule dans ces fringues, songea-t-elle. J'ai l'air d'une nonne. Je ressemble à Sœur Suzanne, aussi maigre qu'elle flottant dans sa tunique lorsqu'elle se déplace. Je crois bien que c'est elle que je regretterai le plus en étant à la fac. Nos discussions du soir vont me manquer. Dommage qu'elle n'ait pu se déplacer jusqu'ici. À elle, au moins, il lui reste de la famille mais, à moi, que me reste-t-il ?

Elle fit un pas en avant.

Elle regarda ses chaussures salies par la poussière qu'avait provoquée l'homme en pelletant. Des pieds menus dans des sandales blanches. Un vernis rose nacré, qu'elle n'avait pas eu le temps d'ôter durant ces trois jours accablants, s'écaillait sur les ongles de ses orteils. Elle serrait toujours le mouchoir entre ses doigts. Elle se pencha pour les essuyer. En se redressant, elle sentit un métal froid entre ses seins. Elle avait récupéré la chaîne en or de sa grand-mère et la portait à son cou. Accrochée à un maillon en guise de médaille, une clé en fer d'à peine six centimètres de long pendait. Elle ne connaissait pas sa provenance, ni ce qu'elle ouvrait. L'aïeule avait toujours évité le sujet, éludé la réponse à la question de sa petite fille.

Pauline frotta ses mains moites l'une contre l'autre. Elle éprouvait le besoin de bouger maintenant. Que pouvait-elle faire d'autre de toute façon ? Elle ne pouvait pas rester ici à lire indéfiniment les deux noms gravés en lettres dorées sur la pierre tombale en marbre noir : Iréna Valentini 1 958 – 2010, Maria Valentini 1 925 – 2 016.

Elle suffoquait, maintenant. Elle avait la sensation qu'en restant une minute de plus, le courage la forçant à partir allait lui manquer, l'enfouissant dans les profondeurs du magma, l'ensevelissant à jamais.

Il est trop tôt pour rejoindre le monde des ténèbres, estima-t-elle en une fraction de lucidité.

Elle avala une goulée d'air, soupira et ramassa le sac à main posé sur la tombe voisine. Elle fit un signe de croix rapide, espérant chasser ces idées sombres qui surgissaient dans son cerveau.

Elle tourna le dos à la réalité et marcha vers la sortie.

Un taxi attendait sur le parking du cimetière, garé à l'ombre d'un noyer.

Dans vingt-six jours je serai majeure. Je passerai le permis, pensa-t-elle en montant à l'arrière de la Mercedes. J'ai réussi mon Bac S avec mention Très Bien, ce sera juste une formalité de plus. Dans ce malheur, grand-mère aura eu la satisfaction de lire mon nom dans le journal local. Le Seigneur nous aura laissé la joie de le fêter dignement. Paix à ton âme, grand-mère.

Le chauffeur, d'origine bretonne, regarda la jeune fille dans le rétroviseur latéral. Elle lui semblait très abattue par les épreuves. Depuis qu'il la véhiculait, il avait appris à la connaître. Discrète, figée dans sa douleur, elle s'acquittait des pénibles tâches, les unes après les autres. Elle lui avait confié qu'il lui incombait d'accomplir cette triste besogne en tant qu'unique héritière de la lignée Valentini. De son côté, malgré les rendez-vous déjà programmés dans son agenda, il avait eu pitié d'elle. Il compatissait à son malheur. Il avait accepté d'être à son service pendant un mois. D'un commun accord, ils avaient décidé de s'accorder sur leurs horaires une semaine à l'avance.

- Où allons-nous, Mademoiselle ? demanda Hervé Labardec en rompant le silence.

- À la maison, répondit Pauline d'une voix lasse.

CHAPITRE II

La soirée était douce.

Pauline Valentini se promenait dans le jardin.

Elle n'avait pas voulu souper. Elle avait l'estomac noué depuis l'enterrement comme si elle avait brutalement pris conscience des faits.

Esseulée, elle allait d'arbres en arbres, sans but précis, ses pieds nus foulant l'herbe jaunie par endroits. Elle ressentait la lourdeur des événements subis en écoutant le chant des grillons. Elle était orpheline pour la deuxième fois au cours de sa courte vie. Une mère partit trop tôt dans un hypothétique paradis et, depuis avant, avant-hier, la grande faucheuse avait emporté celle qui l'avait chérie chaque minute de son existence.

Qu'est-ce que l'avenir peut me réserver de pire ? se dit-elle en marchant.

La confusion régnait dans son esprit.

Elle s'approcha de la balançoire accrochée aux branches du chêne centenaire qui déployait ses nombreux bras vers le sol. L'ivresse de l'air frais engendré par les va-et-vient de la corde lui revenait en mémoire. Elle aimait s'envoler vers les cieux lorsqu'elle était enfant. Elle aimait sentir la paume de l'aïeule dans son dos qui la poussait. Elle s'entendait encore crier " plus haut, plus haut ".

Le cœur en miettes empli d'un chagrin inconsolable à ses yeux, elle s'assit sur la planche de bois vieillie par les hivers successifs. Par habitude, elle commença à se balancer à l'aide de son pied gauche dans un rythme lent et soutenu, laissant le droit effleurer l'herbe. Elle se pencha en arrière et regarda le ciel à travers le feuillage. Elle réussit à discerner la Grande Ourse et Cassiopée.

Laquelle de ces étoiles brillent pour maman et grand-mère ? se demanda-t-elle en versant une larme.

Elle ne put la retenir. La tristesse l'envahissait de nouveau. C'était le retour de la marée haute avec ces déferlantes. Un sanglot la dévasta. Devant l'immensité de la voie lactée, les pleurs se perdirent à l'infini. Elle était devenue une poussière de lune parmi la galaxie.

Un seul être vous manque et tout est dépeuplé, parla-t-elle aux animaux nocturnes, prenant à témoin son environnement familier. Pourquoi pensais-je à Lamartine dans un moment pareil ? Les associations d'idées sont, décidément, étranges.

Elle continua à se balancer en reniflant. Elle n'essaya même pas d'essuyer ses larmes. Elle attendit patiemment qu'elles se tarissent avec la crise.

Est-ce que je dois fermer les volets maintenant que je suis seule ? songea la jeune fille apaisée en contemplant au loin la bâtisse où elle avait vécu depuis l'âge de douze ans. C'est vrai que je suis à l'abri, isolée derrière un mur d'enceinte. Il y a bien Alberta qui arrive toujours aux alentours de neuf heures, mais, la nuit, des rôdeurs peuvent surgir de nulle part. Dois-je avoir peur ?

Dilemme.

Elle aimait se réveiller le matin avec les premiers rayons du soleil inondant sa chambre, lui caressant la joue, la forçant à ouvrir les yeux, jouant avec son visage cet air indémodable disant que " le monde appartenait à ceux qui se levaient tôt ".

Aurais-je besoin, dorénavant, de sortir du lit aux aurores ? s'interrogea-t-elle. Je divague. Je suis épuisée par le manque de sommeil. J'ai besoin de récupérer. Est-ce que j'ai peur de la solitude ou du lendemain ? qu'est-ce qui m'angoisse autant ?

Elle jeta un œil à sa montre. Il était déjà 21 h 30.

Elle se leva d'un bond comme si elle voulait insuffler une énergie nouvelle à ce corps accablé par cette journée qui s'éternisait par sa faute.

Elle traversa la pelouse à grandes enjambées. Elle s'arrêta net sur la terrasse dallée.

Il faudrait repeindre les volets, constata-t-elle. Elle observa attentivement la maison bourgeoise et nota qu'il manquait aussi de la peinture à ceux de l'étage.

Dieu merci, les chiens-assis ne sont pas concernés, jugea-t-elle. Je ne me sens pas l'âme d'un équilibriste, juché sur une échelle, un pinceau à la main. Et que dirait cette brave Alberta ? Elle serait mécontente et me réprimanderait sûrement, mon Alberta. C'est vrai qu'elle pourrait venir vivre avec moi, admit Pauline. Elle occuperait une des chambres vacantes au lieu de séjourner dans le village. Alberta, la dame de compagnie de grand-mère, d'origine portugaise paraît-il, mais aussi la cuisinière et, à l'occasion, la femme de ménage lorsque cette dernière s'absente. Je ne me rappelle pas ne pas l'avoir vu ailleurs qu'ici. Je ne lui connais ni parent, ni enfant. On dirait l'ombre des Valentini, toujours proches de nous, jamais très loin comme aujourd'hui, murée dans un profond silence lorsque je la questionne sur sa famille. Elle discutait souvent à voix basse avec grand-mère, évoquant des secrets enfouis en elles, et plus je grandissais, plus les souvenirs, comme par hasard, se disloquaient, me tenant à l'écart. Ils disparaissaient dans un passé nébuleux pas si lointain.

Elle regarda de nouveau les fenêtres à double vitrage et opta pour une solution raisonnable et défensive.

À regret, elle tourna l'arrêt en forme de feuille et poussa le premier volet. Elle fit de même avec les autres. Elle entra dans la maison et ferma à double tour la lourde porte en prenant soin d'enlever la clé qu'elle posa sur la tablette du portemanteau dans le hall d'entrée. Elle décida de se barricader aussi à l'intérieur en enclenchant l'alarme partielle. Jugeant que la maison était sécurisée, elle gagna sa chambre située au premier.

Elle tira les rideaux occultant de couleur bordeaux. Elle éprouvait, contrairement à son habitude, la nécessité de réfléchir dans l'obscurité.

Elle enleva ses vêtements de deuil, les posa délicatement sur le montant du lit laqué blanc et se coucha. Elle s'allongea sur le dos au-dessus des draps. La pièce conservait la tiédeur du soir. Elle n'avait pas froid.

Elle se tourna sur le ventre et attrapa l'oreiller en plumes. Dans sa gestuelle, elle coinça par mégarde la petite clé en métal sous son sein droit. Elle la dégagea et la garda dans sa paume.

Demain, je chercherai la réponse à cette énigme, pensa-t-elle en s'assoupissant, accablée de fatigue.

Il fallait qu'elle sache en dépit des réticences.

CHAPITRE III

Il essayait vainement de pénétrer dans la chambre, de forcer le barrage provoqué par le tissu opaque.

Pauline avait toujours les paupières closes. Le jour s'était levé depuis longtemps.

Neuf coups à la pendule.

Harassée la veille au soir, elle avait dormi presque douze longues heures sans interruption. Aucun cauchemar n'était venu perturber ce sommeil réparateur. Elle garda les yeux fermés en élaborant la programmation de la journée à venir, classifiant par ordre d'urgence ce qu'elle devait accomplir. Au milieu de cette échelle de valeurs, elle voguait dans la pénombre entre deux états : celui de l'éveil et celui de la somnolence. Le choix cornélien se dissipa avec l'écoute du moteur discret de la DS 5 qui approchait conduite par Alberta. Malgré ses pensées brumeuses, elle perçut le mécanisme d'ouverture du garage.

Elle connaissait les gestes par cœur pour les avoir si souvent entendus. Alberta allait annuler l'alarme, actionner le basculement automatique de la porte, refermer derrière elle et franchir le seuil de la maison. Des tâches simples, routinières mais, surtout, rassurantes, comme si elle craignait que le monde s'écroulât avant d'avoir terminé la procédure établie par les deux vieilles femmes depuis des lustres. La disparition de l'une n'empêchait pas l'autre de continuer à suivre scrupuleusement le rituel.

Pauline reconnut le grincement particulier des volets de la terrasse réclamant leur dose d'huile annuelle, une tâche qu'elle avait reléguée à la fin du mois en partie due aux épreuves de son baccalauréat. Elle savait pertinemment que suivrait ensuite la préparation du petit-déjeuner. Elle ouvrit les yeux, s'étira et décréta qu'il lui fallait bouger.

En tenue d'Ève, la jeune fille fit entrer la lumière naturelle dans la pièce. L'astre pouvait enfin rayonner dans le lieu tant convoité.

Elle observa un court instant le jardin à travers les carreaux de la salle de bains. Elle le trouva plus beau que d'habitude. Elle n'aurait su dire quelle en était la raison.

Peut-être est-ce dû aux dernières floraisons des lys dans les jardinières, pensa-t-elle en ouvrant le robinet thermostatique de la douche, ou alors c'est le chagrin qui s'estompe lentement et redonne de la couleur à la plus insignifiante chose., ou bien c'est être simplement vivant lorsque la culpabilité s'éloigne.

L'eau giclant de la buse au-dessus de sa tête diluait les images en train de s'incruster. Elle les emmenait vers la bonde d'évacuation. Elle les transportait vers un océan d'oublis.

Se mêlant à la vapeur, lui parvint les senteurs du café italien. Il lui fallait descendre sous peine de vexer la servile Alberta.

Elle s'habilla en hâte, gagna le rez-de-chaussée et entra dans la salle à manger.

Alberta siégeait à sa place habituelle, à gauche de la chaise de Madame Maria comme elle disait. D'ailleurs, Pauline ne l'avait jamais entendu nommer sa grand-mère autrement. Madame Maria, une appellation respectueuse envers la défunte.

Alberta dévisagea l'arrivante avec tendresse. Elle l'avait toujours considérée comme sa petite nièce, s'étant refusée la joie d'être enceinte sans fournir d'explication, mais elle se demandait jusqu'où pourrait aller sa sincérité envers sa protégée. Elle remarqua le changement dans la tenue vestimentaire de Pauline.

Enfin un style adapté à son âge, jugea-t-elle en la couvant du regard. Elle a acheté les vêtements à mon insu. Ce n'est pas très important, l'important, c'est qu'ils contribuent à lui faire remonter la pente.

Cette dernière avait troqué les ensembles " jupes droites, chemisiers et sandales " exigés par la morte pour un " jean délavé, débardeur à fines bretelles et baskets imitation zèbre ".

La vieille dame tendit la joue afin de recevoir le baiser attendu. Au moment où Pauline se pencha vers elle, elle lui prit la main. Elle la garda un long moment, puis rendit la liberté à ces doigts qu'elle serrait affectueusement contre sa poitrine dans l'unique but de leur communiquer un peu de sa chaleur humaine, une compassion expansive attentionnée.

La jeune fille resta debout, immobile, ne sachant quoi faire.

Alberta désigna sur sa droite le bout de la table au lieu de la place libre en face d'elle.

- C'est à ton tour de t'asseoir ici, dit-elle sur un ton solennel.

À cet instant précis, Pauline eut la nette impression de recevoir un ordre au lieu d'une recommandation. N'osant pas contrarier celle qu'elle nommait sa grande tante, elle tira la chaise en arrière et s'installa à la place d'honneur.

Dos droit. Attitude posée. Faciès triste.

Quand retrouvera-t-elle ce visage placide qui lui va si bien ? se demanda l'octogénaire. Elle a perdu l'air candide de la jeunesse insouciante.

Alberta lui tendit l'assiette de viennoiseries achetées le matin même chez l'artisan boulanger du village. Une intention maternelle qui toucha l'âme de Pauline, laquelle jeta son dévolu sur un croissant aux amandes, son préféré. Mastiquer lui permit de rester muette, emplie de sentiments intériorisés qui reflétaient son humeur matinale. La vieille dame consentit à respecter ce mutisme quelques dizaines de minutes avant d'engager la conversation sur des banalités météorologiques.

- Aujourd'hui sera une belle journée, un ciel sans nuage. Tu aimes tant cette saison, veux-tu que nous allions nous promener dans la campagne environnante comme autrefois ? suggéra Alberta.

Pauline la regarda interloquée. Elle ne l'imaginait pas avançant dans les chemins terreux avec la tenue immaculée qu'elle portait.

Pourquoi, diantre, a-t-elle choisi de se vêtir en blanc ? se demanda-t-elle. Certes, le pantalon et la blouse aux manches transparentes lui procureront une sensation de fraîcheur au zénith, mais, venant d'enterrer sa meilleure amie, je ne m'attendais pas à ce qu'elle s'habille de la sorte. Au Portugal, la couleur de Marie serait-elle de rigueur pour un deuil, à l'image des Asiatiques ? En fait, je n'en sais rien et je ne m'aviserai pas à la questionner sur ce sujet.

Pauline nota, aussi, qu'elle portait une large ceinture dont la boucle argentée était ornée de perles fantaisies et de sequins factices. Un collier en argent, en provenance de Murano, où pendaient des breloques couleur vert d'eau et turquoise, complétait l'ensemble. Elle se refusa à découvrir comment elle était chaussée de peur d'arborer un sourire moqueur malgré elle, significatif de sa tension nerveuse accumulée ces jours-ci.

- Pas ce matin. Monsieur Labardec me conduira à la banque vers onze heures après l'entrevue chez le notaire.

- J'aurais pu t'y emmener. Civray n'est qu'à une vingtaine de kilomètres de la maison.

D'où la tenue blanche, comprit Pauline.

- J'ai pensé qu'il valait mieux que vous soyez là, ma tante, pour le jardinier. Je ne m'absenterai pas longtemps. Je vous le promets. Je serai revenue pour le repas. Nous envisagerons votre sortie dans l'après-midi si vous le souhaitez toujours.

- Où avais-je la tête, ma petite ? Je l'avais complètement oublié. Je ne l'ai pas décommandé. Au moins, les arbustes et la haie seront taillés.

- Avons-nous besoin de victuailles ?

- Non. Il est inutile que tu passes au supermarché en rentrant. Nous avons de quoi nous sustenter avec la profusion de légumes, de crudités et de fruits que contient le frigidaire. Je te préparerai une bonne salade.

- Celle dont vous avez le secret.

- Exactement.

- À quelle date se terminent les congés de la femme de ménage ?

- Lundi prochain.

- Évitons de salir, alors. Avons-nous reçu les menus du traiteur pour le mois d'août ?

- Pas encore. Je te donnerai les feuilles lorsqu'elles seront en ma possession.

- J'espère que nous pourrons garder cette cantine imaginée par ma grand-mère qui nous soulage grandement. Je ne suis pas un cordon-bleu, et vous, ma tante, vous avez passé l'âge de mijoter les petits plats du terroir.

Alberta marqua un temps d'arrêt avant de prendre la parole, signant son embarras. Elle esquiva la réponse à cette formulation anxiogène.

- Ôte toi de l'esprit le tracas du matériel, et finit de boire ton café. L'heure tourne. Le taxi ne va plus tarder.

La vieille dame avait gagné du temps en restant évasive dans ses propos. Préoccupée par ses rendez-vous, Pauline n'avait pas remarqué son étrange comportement. Elle rejoignit sa chambre pour finir de se préparer, abandonnant une Alberta songeuse, un morceau de brioche à la main, le coude appuyé sur la nappe.

Ce fut le klaxon de la Mercedes qui fit sursauter Alberta. Elle se dirigea vers la baie vitrée, ouvrit la fenêtre et actionna la télécommande en direction du portail. La tiédeur de l'air annonçait une autre journée caniculaire. Elle vit la voiture de Monsieur Labardec qui s'engageait dans l'allée du parc. La camionnette du jardinier la suivait de près, collée à son pare-chocs en empruntant les traces des roues visibles dans le gravier.

Alberta les ignora, tourna le dos au jardin et commença à débarrasser la table.

- J'y vais, cria Pauline dans le hall d'entrée.

La vieille dame faillit lâcher le plateau sur lequel s'entassait la vaisselle.

CHAPITRE IV

Pauline Valentini claqua la portière du taxi après avoir précisé à Monsieur Labardec que ses deux rendez-vous l'occuperaient environ quatre-vingt-dix minutes bien qu'ils s'enchaînassent l'un après l'autre. Ils se retrouveraient donc derrière l'église, sur le parking public, à l'abri des curieux. La jeune femme ne supportait plus le regard appuyé des personnes qu'elle croisait dans la modeste ville depuis les funérailles. Elle en venait même à soupçonner certaines commères, se taisant sur son passage, de médire envers la lignée Valentini. Une attitude qui pouvait aussi expliquer le peu de monde au cimetière.

Maintenant que la voie est dégagée, les langues vont bon train, déduisit-elle. Je me demande bien pour quelle raison ma famille se tenait à distance d'elles. Que de suspicion !

Pauline l'apprit cinq minutes plus tard dans le bureau de Maître Bourdoin.

Il régnait une ambiance vieille France dans ce cabinet de notaire. Voilages et tentures de couleur vert bouteille avec des fleurs de lys brodées or, moulures sous plafond, parquet ciré miroitant les reflets éblouissant d'un soleil estival, un décor dans lequel foisonnaient des antiquités du Moyen-Orient. L'ensemble contrastait avec l'allure de l'occupant.

Conforme à ce qu'elle s'était imaginée d'après les explications du chauffeur de taxi, l'homme affichait une calvitie précoce pour ses quarante-cinq ans. Pas très grand, elle évalua sa taille à un mètre soixante-cinq. Son polo bleu au logo de golfeur donnait à voir les bras musclés d'un adepte du sport désireux d'entretenir son corps afin de lutter contre le poids des ans. Le pantalon aux plis droits n'avait pas besoin de ceinture, nulle bedaine à l'horizon. Il s'approcha d'une bibliothèque en noyer dont les rayonnages croulaient sous les livres reliés cuir noir et or. Parmi eux se mêlaient des chemises cartonnées aux coloris fort variés. Il attrapa l'une d'entre elles. Pauline put lire le nom écrit dessus à l'encre noire : succession Valentini. Il étala divers feuillets et lui fit part de l'intention du juge.

À des faits exceptionnels, procédure exceptionnelle.

Le service de l'aide sociale à l'enfance l'avait désigné en tant qu'administrateur des biens, lui annonça-t-il. Pendant les trois semaines la séparant de son anniversaire Madame Alberta Ricardo ferait office de tutrice à ses côtés.

Elle s'appelle donc Ricardo, enregistra Pauline. Pourquoi ne me l'a-t-elle jamais dit ?

- Vous ne vous en apercevrez même pas, assura Maître Bourdoin. Les délais d'enregistrement sont longs et votre grand-mère avait pourvu aux dépenses courantes sur votre compte bancaire dès le début de sa maladie. Prévoyante, elle avait réglé ses affaires avant de partir comme on dit dans notre jargon.

La jeune femme était offensée. Les mots utilisés par l'homme de loi ne correspondaient pas à un langage juridique.

Il considère que je suis une demoiselle sotte et inculte, se dit-elle, mécontente. Pourtant, j'ai grandi à la vitesse "grand v " depuis une semaine. Qu'est-ce qu'il s'imagine, l'officier public ? Qu'il n'y a que lui qui est instruit dans cette pièce.

Elle attendit la suite.

Il commença l'énumération des différents comptes portés à sa connaissance. Il lui annonça des montants à six chiffres qui lui donnèrent le tournis. Elle eut dû mal à le croire, assise en face de lui, dans le fauteuil capitonné. Il devait y avoir une erreur dans les phrases prononcées. Son esprit cartésien se refusait à admettre le résultat de l'addition. La somme dépassait le million d'euros.

À part un gain substantiel dans le genre jeu de hasard, je ne vois pas comment nous pouvons posséder tant de richesse ? se demanda Pauline.

Son visage révélait sa perplexité. Elle jugea bon de se taire. Maître Bourdoin s'en aperçut. Il interrompit son monologue.

- Vous me comprenez, Mademoiselle Valentini ?

- Bien sûr, répondit-elle sur un ton qui se voulait être convaincant.

- Parfait. Dans ce cas, procédons à la signature des actes.

Il lui tendit un stylo-bille qu'elle reconnut aussitôt, de par ses caractéristiques, comme étant celui offert par le Crédit Agricole en guise de cadeau de fin d'année.

Une piètre consolation envers les sommes confiées, jugea-t-elle. Mais quelle générosité de leur part, ironisa-t-elle intérieurement.

Pauline sortit de l'office notarial avec la conviction d'avoir été ridicule à cause de son ignorance. Vexée, elle s'enfonça dans la zone piétonne, détournant le regard des vitrines aux produits alléchants. Ses pensées étaient ailleurs. Elle demeurait indifférente aux slogans des affiches. Elle arriva au seuil de l'antre monétaire sans s'être rendue compte de la distance parcourue.

Crédit Agricole, le vert, emblème de la culture et de l'espérance, Caisse d'Épargne, le rouge, symbole de l'énergie ; Banque Populaire, le bleu qui apaise le peuple ; Crédit Mutuel, le bleu et le rouge, la contradiction entre l'apaisement et la colère. Toujours la bonne vieille association des couleurs pour mieux séduire en dépit des oxymores. Je constate qu'il manque une banque à la couleur jaune qui irradierait la bonne humeur. Poussons la porte et restons zen, se promit Pauline en pénétrant dans l'établissement. Une chose est sûre, je ne serai pas prise au dépourvu maintenant que je sais.

Le directeur du Crédit Agricole la reçut personnellement au deuxième étage. Un bureau moderne où le mobilier, à base de verre collé, s'harmonisait avec l'inox et le métal brossé. Elle s'imprégna de ce lieu dynamique à l'éclat argenté totalement opposé à celui qu'elle venait de quitter. Le décorateur avait voulu, à n'en point douter, symboliser une entreprise moderne ancrée dans son siècle avec, en finalité, la perspective radieuse d'une collaboration avec le client. De là à la persuader, il n'y avait qu'un pas sachant que Pauline marchait dans la continuité familiale, héritière de ce que les indigents appelaient fortune, laquelle fortune aurait plu à n'importe quel banquier.

Le salut fut des plus cordiaux entre les deux personnages, l'un en courbettes trop aimables, l'autre en politesse retenue.

Pauline restait sur ses gardes puisque cette journée paraissait accumuler les surprises, lesquelles étaient de taille à vous clouer le bec jusqu'au coucher.

La jeune femme accepta l'offre de l'obséquieux personnage et consentit à prendre un siège bien qu'elle eût préféré demeurer au rez-de-chaussée parmi la populace.

Ce rendez-vous protocolaire ne présage rien de bon, pensa-t-elle. Il n'y a qu'à voir l'expression de celui qui se tient en face de moi, moulé dans un authentique conformisme.

Monsieur Tisserand Michel ne dérogeait pas à l'habillement lié à la fonction : le costume cravate et les chaussures noires.

Les habitudes perdurent de génération en génération, se dit-elle en l'observant. Le vêtement s'adapte au statut ou, devrais-je plutôt dire, que c'est ce dernier qui s'impose en tant que tel et entraîne, dans son sillage, les modifications de la personnalité. Est-ce que je vais devoir, moi aussi, m'adapter à la situation de la personne richissime ? Dois-je rectifier ma tenue d'aujourd'hui ? Pourtant, je la trouve plus adaptée, moins conventionnelle et surtout moins stricte que celle approuvée par le pensionnat. Est-ce à cause de toutes ces richesses cachées que grand-mère avait opté pour un enseignement au sein d'un établissement privé catholique ? Souhaitait-elle me protéger du monde extérieur ? M'isoler de ces faux amis à la convoitise acérée ?

Pauline en était là dans ses réflexions lorsque Monsieur Tisserand s'adressa à elle avec un air penaud.

- Seulement, si nous avions su, Madame feu Valentini Maria et moi-même, que la maladie aurait eu le dernier mot, nous aurions pu prévoir des tractations avantageuses, mais, hélas, le temps a joué contre nous.

Pauline ne comprenait rien à ce discours abscons.

- Le notaire ne vous a rien dit ?

- Les papiers sont signés pour faciliter la gestion de l'héritage jusqu'à mon dix-huitième anniversaire.

- Bien sûr, bien sûr, mais la somme, s'élevait à beaucoup plus.

Le directeur du Crédit Agricole était mal à l'aise. Il cherchait à déculpabiliser le manquement de la banque à la gestion du patrimoine confié, s'empêtrant dans les excuses. Il se racla la gorge et fit mine de tousser.

Il perd sa contenance et sa superbe, remarqua Pauline, néanmoins, elle l'abandonna à son supplice et constata l'embourbement de ses propos. Il lui parla de défiscalisation, de placements exonérés des droits de succession dont elle se fichait éperdument. À la fois agacée et ennuyée par cet entretien qui s'engageait dans une voie sans issue, elle manifesta sa lassitude par une demande claire, nette et précise.

- De combien d'euros est-ce que je dispose actuellement sur mon propre compte ?

- Je vous l'indique de suite, claironna le banquier, enchanté par la tournure inespérée que prenait l'entrevue lui évitant les griefs de la petite fille Valentini.

Il pianota sur le clavier de son ordinateur et inscrivit la somme sur une feuille A 4 minutieusement coupée en deux par souci d'économie.

À montant élevé, bouche fermée, se dit Pauline lorsqu'elle eut pris connaissance du nombre qui correspondait, aux centimes près, à celui communiqué par Maître Bourdoin.

Soulagée et attristée.

Confusion des sentiments.

Elle pourrait continuer à se servir de sa carte bleue sans le cautionnement d'Alberta.

Pas de changement dans l'immédiat.

La perfection dans le meilleur des mondes possibles.

Pauline se leva, indiquant de cette façon à Monsieur Tisserand que l'entretien était clos. Elle ne supportait plus ce manège outrancier, ce positionnement à deux vitesses qui séparait les riches et les pauvres. Elle descendit seule l'escalier et sortit d'un pas rapide.

Qu'est-ce qui pouvait encore la retenir en ville ?

Elle fonça vers l'église, entra, se signa et chercha l'emplacement dédié aux cierges. Elle glissa un billet dans la fente du tronc et alluma la petite bougie à la flamme d'une qui s'éteignait. La sienne prendrait le relais d'une prière en voie d'extinction. Elle prononça quelques mots avec pudeur. Le lieu saint respirait la quiétude. Une douce mélodie se répercutait sous les arcades. La fraîcheur du lieu donnait envie de s'attarder.

Résistant à la tentation de demeurer là indéfiniment, elle repartit vers son destin.

Lorsqu'elle sortit, le taxi était en train d'arriver sur la place. Elle le héla devant le parvis. Monsieur Labardec n'eut pas le temps de couper les gaz. Elle s'engouffra à l'arrière, faisant fi des consignes précédentes.

- Rentrons.

La Mercedes reprit sa route en sens inverse. Dans le rétroviseur central, Monsieur Labardec découvrit le visage d'une jeune fille en proie à une profonde interrogation.

Le mystère demeure entier, s'interrogea Pauline. D'où vient l'argent ?

CHAPITRE V

La demie de treize heures venait de sonner à la pendule du salon. Un son court et bref pour un appel au large, une corne de brume ouïe dans une confusion totale où s'entrechoquaient les hypothèses formulées dans le cerveau de Pauline depuis ses deux rendez-vous. Ses neurones se démultipliaient en échafaudant des scénarios rocambolesques où sa naïveté rejoindrait peut-être un voile de vérité.

Pauline regarda de nouveau Alberta. Elle ne pouvait aborder le sujet qui lui brûlait les lèvres avec un langage suspicieux, au risque de froisser la vieille dame. Il lui fallait biaiser dans l'art de la conversation.

Diplomatie obligatoire.

Pauline se souvint de la proposition d'avant son départ.

- Et si nous sortions dans le parc, Alberta, afin de nous dégourdir les jambes ?

- Promenade digestive ?

- Absolument, affirma Pauline en posant sur un plateau les restes du repas. Prenons le café à l'ombre du vieux chêne. Je range ça et j'apporterai le nectar.

- Si tu veux, ma petite. Je te devance.

Madame Ricardo déplia ses membres endoloris par l'inaction et traversa la salle à manger, ouvrit la porte-fenêtre et s'arrêta sur la terrasse quelques instants. Elle ne se lassait pas de contempler la beauté du parc. Grâce à l'arrosage automatique, la pelouse demeurait verdoyante, les arbres conservaient leur splendeur printanière et les parterres restaient fleuris.

Le jardinier est un maître d'œuvre dans son domaine, pensa Madame Ricardo. Il réussit à prolonger la floraison. Une perle envoyée du ciel et un soulagement pour la petite. Comment ferions-nous sans lui, pour entretenir tout ceci ?

L'octogénaire avança jusqu'à l'arbre préféré de la jeune fille et s'assit sur le banc en bois jouxtant la balançoire. Les souvenirs affluaient dans son esprit encore alerte, lorsque Pauline arriva une tasse dans chaque main. Elle ajustait sa démarche à chaque pas. Malgré l'effort à marcher correctement, Madame Ricardo la vit trébucher sur une pierre au travers de sa route ce qui eut pour conséquence quelques gouttes de café renversé. La tante lui sourit en attrapant la soucoupe, heureuse d'être là en dépit du deuil, Pauline un peu moins.

La jeune fille prit place à ses côtés. Elle était si tendue que n'importe qui aurait pu s'en apercevoir.

Le temps des questions est venu, comprit Alberta. Il me faut affronter le poids des aveux. Quel cadeau m'as-tu laissé en nous quittant, Maria ? Il m'appartient à présent de démêler l'écheveau de notre passé peu glorieux. Que dire et quelle dissimulation ? Et pour combien de jours ou de mois ? Elle est si fragile. Elle possède la clé qui ouvre la boîte de Pandore.

Silence dans le jardin.

Dans le ciel sans nuage, une buse tournoyait. Pauline la suivit des yeux un moment tout en buvant son breuvage avant d'émettre les trois mots fatidiques.

- Je veux savoir.

La phrase prononcée guillotina la paisible atmosphère. Le couperet était tombé. Dans le panier se mourrait la crédulité de l'enfance.

- Et que désires-tu savoir ?

- Tout.

- Précise-moi ta pensée, Pauline, cela m'aiderait à te répondre.

- Tout cet argent dont l'existence m'était inconnue jusqu'à tout à l'heure. Comment grand-mère et maman ont-elles pu se le procurer ?

- C'est une longue histoire.

- Raconte le moi depuis le début en m'épargnant le " il était une fois " qui enjolive si bien les contes. J'ai besoin de connaître le récit aboutissant aux richesses apprises ce matin, ces richesses qui ont les saveurs d'une fable concoctée par les fées dont je doute fortement.

Pauline gardait le cap de son idée. Elle avait hissé les voiles et comptait atteindre le port lié à cette énigme avant le coucher du soleil.

Madame Ricardo comprit qu'il était inutile de se défiler devant l'obstination de l'héritière Valentini. Elle se leva, posa sa tasse sur le banc et fit mine de partir.

Le bras de Pauline s'accrocha au sien tel un naufragé à sa bouée de sauvetage. Un étrange couple se mit en marche en ce début d'après-midi, foulant l'herbe tiède. Des criquets s'enfuyaient à leur approche. Les oiseaux s'étaient tus. Un papillon voletait.

- J'ai connu ta grand-mère lorsque j'avais vingt-quatre ans, commença Alberta. Mes parents avaient fui la guerre civile espagnole en 1937. Ils franchirent la frontière pyrénéenne le jour de mes trois ans. Nous fêtâmes mon anniversaire avec un enthousiasme retrouvé. Nous ne possédions rien comparé à ce que nous avions dû abandonner derrière nous mais nous étions heureux d'être en vie, d'avoir survécu aux épreuves. Seulement, cela ne dura pas. La guerre nous rattrapa avec son inéluctable lot de morts et mes chers parents, qui avaient lutté pour subvenir à nos besoins durant ces six années de souffrance, firent partie de la liste quelques mois avant l'armistice.

- C'est moche.

- La faute à pas de chance. J'avais onze ans à l'époque. Je fus confiée à des religieuses. Elles me recueillirent dans un couvent transformé en orphelinat. Je n'étais pas la seule dans ce cas à bénéficier du gîte et du couvert. Nombreux étaient les enfants dont un des parents avait été tué ou bien fait prisonnier. Nul besoin d'être juif en ce temps-là. Les motifs fallacieux s'énuméraient volontiers autour de vous pour fusiller un voisin qualifié de gêneur. Il suffisait d'une suspicion pour être traité de collabo.

- La barbarie des hommes.

- La vengeance, la jalousie, la trahison, les mots ne manquent pas dans le dictionnaire pour exprimer les sentiments humains voués au mal. La guerre durcit le caractère et fait ressortir la noirceur.

- Et après ?

- Ensuite, j'ai grandi au sein de la communauté mais je t'avoue que je ne me sentais pas l'âme d'épouser le Christ, ni un autre homme d'ailleurs après avoir vu ces horreurs, encore moins d'enfanter. J'ai aidé comme j'ai pu au bien être des uns et des autres. J'ai voyagé à travers la région, de couvents en couvents jusqu'à ce que je pose mes valises à l'hôtel-Dieu où est née ta mère, Pauline. Madame Maria a accouché d'Iréna à l'âge de trente-trois ans.

- Je connais la date de naissance de maman et celle de grand-mère lors de l'accouchement, mais tu me racontes la tienne, de vie, et non la leur.

- J'y arrive, Pauline.

Madame Ricardo avait ralenti à l'évocation de son lointain pays. Elle retraçait une enfance meurtrie. Cette parenthèse avait le parfum d'une échappatoire et la jeune fille n'était pas dupe.

Elle tarde à confier la véritable provenance du magot, pensa Pauline. Pourquoi tant de discrétion ?

- Madame Maria, reprit Alberta en s'adossant contre le muret du potager, était bouleversée à l'idée d'élever seule sa fille dans cette grande maison. La mère supérieure lui a proposé mes services et, depuis, je suis restée auprès de vous. D'abord ici, ensuite dans le village pour respecter leur complicité, à ta mère et à ta grand-mère.

- Il est grand temps que tu reviennes puisque je m'absenterai régulièrement pendant mes études à Poitiers.

- Si cela te fait plaisir.

- J'y tiens.

- Alors, j'accepte.

- Nous irons chercher tes affaires dès ce soir.

- Entendu.

- Et l'argent ? questionna Pauline qui n'en démordait pas.

- La chose est simple. Ta grand-mère fréquentait un monsieur beaucoup plus âgé qu'elle, un célibataire poitevin fort occupé par son entreprise. Elle avait vingt et un ans, lui cinquante-six. Il s'appelait Francis Poirier.

- À la fin de la guerre, donc.

- Oui. Environ un an après.

- Est-ce que c'est le père de maman ?

- Je ne l'ai jamais su. Je présume que oui. Il a acheté cette bâtisse et l'a offerte à ta grand-mère lorsqu'elle était jeunette. Il venait régulièrement nous rendre visite.

- Je me rappelle que maman évoquait cet homme avec grand-mère. Elle le décrivait d'une grande bonté.

- C'est très juste. C'était un être bon et droit, très attaché à elles.

- Au point de payer les factures et les entretenir ?

- C'est exact.

- Ce devait être mon grand-père.

- Possible. Un soir, il est arrivé avec une valise que Madame Maria ne devait ouvrir qu'après son décès. Ta grand-mère a honoré son vœu. Après sa mort, nous l'avons descendue du grenier. Lorsque nous l'avons ouverte, la surprise nous a coupé le souffle. Elle était remplie de bons au trésor anonymes que Madame Maria s'est empressée de convertir. Voici d'où te vient ta fortune. Un trésor dormait sous notre toit sans que nous le sachions.

- Une grand-mère prudente.

- Il lui avait aussi légué ses biens immobiliers. Aidée par la banque, Madame Maria a su placer son argent de façon judicieuse. La crise de 1929 était un mauvais souvenir. Les gens aspiraient aux bénéfices et les sous ont fructifié. En ce temps-là, les économies bien placées ont grossi le bas de laine de ceux qui ont su être vigilants.

- Beaucoup de sous, alors, pour atteindre le million d'euros.

- Beaucoup, en effet.

La curiosité de Pauline était satisfaite. Elle courut vers la balançoire et s'adonna à son jeu favori.

Madame Alberta Ricardo soupira en rebroussant chemin. La confession était à moitié vraie et elle le savait. Elle connaissait trop Pauline Valentini pour savoir que l'orage ne tarderait pas à éclater dès qu'elle aurait pris connaissance de l'inévitable. La problématique était de deviner quand viendrait ce moment.

CHAPITRE VI

Pauline s'était levée, ce matin, dès qu'elle avait entendu la porte de la chambre d'amis se refermer doucement. Malgré la délicatesse du geste de sa tante et son désir d'étouffer le moindre bruit, elle avait perçu la respiration sifflante de la vieille dame par adoption qui s'efforçait de descendre les marches d'un escalier flambant neuf. Pendant qu'elle s'habillait, son fidèle jean tee-shirt et baskets, elle avait entendu Alberta maudire deux fois la rénovation récente dudit escalier en jurant qu'elle se casserait la figure avant d'avoir atteint le carrelage du rez-de-chaussée.

Le petit-déjeuner avalé, Pauline aida Alberta, remise de ses émotions, à finir son emménagement jusqu'au dîner. La veille, elles n'avaient pu terminer le rangement. Tenant compte des nombreux trajets de la maison jusqu'au village, et vice versa, le déménagement les avait occupés toutes les deux une bonne partie de l'après-midi, d'autant que Madame Ricardo avait tenu à régulariser la situation auprès de l'agence immobilière avant de rentrer.

Enfin délestée de leurs tâches, la dernière bouchée avalée du repas de midi, chacune avait vaqué à son occupation, celle de Pauline étant d'aller explorer le grenier.

J'ai l'après-midi pour moi, clama-t-elle à voix haute en pénétrant dans les combles relativement sombres.

La lumière diffusée par les petites fenêtres éclairait à peine les objets. Elle dut attendre que ses yeux s'habituassent à la semi-obscurité pour commencer la fouille méticuleuse qu'elle s'était promise.

Elle ouvrit la grande armoire aux glaces imposantes. Le meuble interpella la jeune fille tant sa présence lui parut inappropriée au lieu.

Comment a-t-elle pu atterrir ici ? se demanda-t-elle. Elle est bien trop lourde et trop haute.

Elle découvrit, côté gauche, soigneusement plié, du linge qu'elle supposa daté des années folles d'après le modèle des blouses et, côté droit, une penderie avec des jupes longues suspendues. D'ailleurs, la mode Charleston était particulièrement reconnaissable dans l'unique robe perlée, au dos entièrement ajouré jusqu'au creux des reins. Cette dernière contrastait avec le reste des vêtements qu'elle dévoila après avoir ôté la housse en tissu qui recouvrait le portique, sur la gauche, collé à l'armoire.

Astucieux et commode, grand-mère, complimenta Pauline en s'adressant à une présence imaginaire.

Elle toucha respectueusement les tailleurs aux coupes strictes déclinés dans des couleurs beiges et marines. Elle s'imagina les deux vieilles femmes, une Maria et une

Alberta rajeunies, élégantes au milieu des passants, bras dessus, bras dessous, poussant le landau dans les rues de Poitiers, riant aux éclats, se réjouissant de leur sortie.

Un faible sourire illumina le visage de Pauline.

Elle referma l'armoire, rabattit la housse et continua ses investigations. Elle n'avait pas oublié le motif de sa présence. Le grenier était grand, il fallait qu'elle trouvât avant la nuit.

Elle dérangea quelques araignées en crevant leur toile. Elle enjamba des caisses en bois ouvertes, remplies de magazines. Au passage, elle en prit un qu'elle feuilleta. Les publicités en noir et blanc vantaient le bien-être procuré par les produits industriels américains. Elle le rangea dans la caisse où elle l'avait pris. Devant la pile de revues suivantes, elle se figea. Un joli coffret en bois précieux, dont le couvercle avait été magnifié par une marqueterie en ivoire, avait été abandonné là, à la vue de tous. Son cœur bondit dans sa poitrine.

Se pourrait-il ? s'interrogea Pauline.

Jusqu'à présent, elle n'avait pas pu identifier dans le bric-à-brac autour d'elle une serrure susceptible de recevoir la clé qu'elle portait à son cou. Lentement, elle fit passer la chaîne en or au-dessus de sa tête. Elle introduisit l'instrument de métal en tremblant, et l'actionna. La serrure céda, libérant, enfermé dans son écrin, un carnet de notes à la couverture d'un cuir marron foncé. Elle s'en empara et s'assit à même le sol, ignorant le parquet poussiéreux. Elle commença à lire les phrases écrites à la plume sur les pages jaunies. À la lecture des premières lignes, elle devina qu'il s'agissait d'une confidence qui lui était destinée, un secret familial jalousement gardé.

CHAPITRE VII

Je n'ai jamais connu le grand amour, le véritable, celui avec la majuscule prédit par les diseuses de bonne aventure au fond de leurs roulottes. J'ai fini par croire que la définition du dictionnaire s'adressait aux autres femmes dont les cœurs s'emballaient face aux regards langoureux provoqués par la gent masculine en rut.

Dans mes lointains souvenirs, il n'y a pas eu un seul homme qui ait su allumer la flamme olympique au fond de moi, pas même ce bon vieux Francis.

Le corps avait vibré, certes, mais l'esprit s'était heurté à la rediffusion d'un film joué maintes et maintes fois.

Trop vu.

Trop vécu.

Concilier les sentiments et le sexe fut un art difficile, surtout pour une jouvencelle. Le privilège de ma jeunesse m'a valu d'être épargnée durant quelques mois du plus vieux métier du monde lorsque je rencontrai avec ma patronne.

J'avais seize ans. J'étais orpheline d'un père qui s'était suicidé après avoir perdu nos biens à la bourse, il n'était pas le seul, le pauvre homme, et d'une mère qui s'était tuée à la tâche en étant au service d'une famille bourgeoise parisienne qui connaissait ma bienfaitrice. Cette dernière m'adopta si je puis dire.

Elle me protégea en mettant mon innocence à contribution pour attirer ces Messieurs de la Haute, ainsi qu'elle les nommait, Madame Irma. J'ai toujours pensé que ce surnom lui seyait à merveille. Ce prénom l'entourait de mystère. Il lui valut une clientèle éclectique qui évitait de se croiser chez madame, la faute à l'occupation, bien que la maison possédât un côté fort pratique et discret, permettant de remédier aux éventualités à toute heure du jour ou de la nuit. Le rez-de-chaussée était traversant. La journée quelques audacieux n'hésitaient pas à actionner le heurtoir de la lourde porte mais à la nuit tombée, sitôt le couvre-feu proclamé, les noctambules se pressaient de l'autre côté de la rue. Je jouais mon rôle à la perfection. J'allais ouvrir la porte dérobée sur l'arrière de l'immeuble, recevant le gratin de la capitale entièrement nue sous mon déshabillé en soie mauve. Madame Irma appelait cette initiative " émoustiller le client ", lequel client pouvait regarder sans pouvoir toucher, une mise en bouche, en quelque sorte.

Je suis sûre, avec le recul, que les hommes salivaient dans mon dos.

Prenant ma mission très au sérieux, j'accentuais mon déhanchement sous leur nez afin qu'ils fussent suffisamment excités en pénétrant dans le salon.

Les femmes du logis les attendaient patiemment. Au son d'un prélude quelconque, elles se livraient à des conversations libertines, avec notre pianiste attitré, Monsieur Roger. Il égrenait ses notes sur le quart de queue, une coupe posée sur le clavier, prenant le risque de la renverser sur le tapis persan.

Il faut dire que Madame Irma savait recevoir son monde.

Le champagne, de provenance illicite, coulait à flots, cependant ma patronne ne tolérait pas le moindre débordement, ni en alcool, ni en drogue, ni en attouchements. Au demeurant, ces dames découvraient seulement leur poitrine. Elles portaient des jupes qui leur tombaient sur les chevilles dont les messieurs raffolaient. C'était un jeu, pour eux, d'arriver à glisser leurs doigts sous les étoffes pour atteindre l'entrejambe, sentir les poils pubiens et s'épancher sur l' " Origine du monde " de Courbet.

J'observais le manège du coin de l'œil.

J'apprenais.

Lorsqu'une femme se positionnait à califourchon sur les cuisses d'un Monsieur, qu'elle commençait à déboutonner son gilet, qu'elle élargissait son col de chemise et qu'elle frottait ses seins contre sa figure, je savais que le couple ne tarderait pas à grimper au niveau supérieur.

Les chambres étaient au premier étage de la bâtisse, le deuxième étant réservé à Madame, à moi et à celles qui souhaitaient demeurer avec nous sous la protection de l'occupant allemand, car il y en avait quelques-unes, des mariées ou des veuves, qui possédaient leurs propres habitations.

Je grandissais avec ces dames. J'avançais en âge. La guerre s'éternisait et je convainquis Madame Irma, en plein été 1943, d'avoir mon premier client.

Elle me choisit donc, afin de me satisfaire, un garçon tout juste sorti de l'adolescence, moi qui étais encore vierge et pure. Il arriva en milieu d'après-midi, entièrement vêtu de noir, ce qui m'étonna grandement, car il était venu pour se dévergonder et non pour suivre un enterrement. Qu'importe. Je l'emmenai vers l'antre de la fornication.

La chambre était coquette, meublée à la dernière mode. Devant les fenêtres, en guise de rideaux, des tentures de couleur mauve vous isolaient du monde extérieur. Un lit double aux boiseries sculptées représentant une scène de chasse occupait le centre de la pièce. Un nécessaire pour la toilette avait été discrètement positionné derrière un paravent dans un angle tandis qu'une psyché se situait dans l'autre. Une méridienne, contre le mur, pouvait servir de valet.

Je pris mon courage à bras-le-corps et le sien aussi. J'enlevai les vêtements sinistres et les jetai sur le

Récamier en un tas difforme. Je crus bien faire. À ma grande stupeur, il se mit à les étaler soigneusement. Je m'approchai de lui et entrepris de lui enlever le reste, reste, d'ailleurs, qu'il empila au fur et à mesure sur les précédents, parfaitement à plat. Lorsqu'il ne lui resta que son caleçon long, je lui pris les mains de force et les plaquai sur mes tétons durcis par le désir. Il était d'une gaucherie à faire fuir la prostituée la plus aguerrie en la matière.

Je crois que ce fut à ce moment-là que je compris qu'il était puceau, l'Hippolyte.

Deux inexpérimentés ensembles, quel programme ! Madame Irma avait jeté son dévolu sur un jeune chaste, peu enclin à la chose, de façon à ce que je ne fusse pas trop blessée par le déchirement de l'hymen. Je faillis éclater de rire à cette idée. Moi qui espérais la passion ardente, les gloussements et le drap froissé résultant des assauts du mâle, j'étais servie.

Nous nous installâmes sur la couche, allongés sur le dos. Je pris son instrument d'amour entre mes doigts et intima des mouvements de bas en haut si puissants qu'il se raidit d'un coup. Je m'appliquai tant à la besogne qu'il banda dur comme un piquet. Il ne me restait plus qu'à m'empaler, seulement, j'avais la prétention de vouloir jouir moi aussi. J'avais attendu si longtemps que je ne souhaitais pas être déflorée sans avoir eu ma dose de plaisir. Je m'assis donc sur son ventre, me penchai en arrière, arquant le dos, ouverte et désirable.

Hippolyte ne comprit pas le message. Il me regarda béatement. Il dut me prendre pour une putain délurée alors que j'espérai qu'il me caressât. Voyant l'échec de la manœuvre, je plaquai ma toison en feu sur sa bouche. Il n'eut pas le temps de réagir. J'attrapai sa tête, la soulevai, coinçai un oreiller dessous sa nuque et lui intimai l'ordre de s'abreuver à la fontaine de jouvence tant je mouillai à désaltérer le désert du Sahara. Je sentis la pointe de sa langue titiller mon clitoris. Le jeune homme découvrait une saveur nouvelle. Cela lui plut et il partit à l'assaut du mont-De-Vénus. Il était insatiable. Il en redemandait, me léchant encore et encore, aspirant mon bouton d'amour enflammé. J'étais aux anges, électrifiée par les spasmes provoqués. Les joues rosies et le corps en sueur, l'extase vint dans sa bouche sans aucune retenue. L'orgasme clitoridien m'avait été enfin révélé. Ivre de plaisir, j'attrapai son vit et l'avalai jusqu'au fond de ma gorge, l'aspirant et le suçant de nombreuses fois. Lorsque je sentis les premières gouttes de sperme couler sur mes papilles, je pris soin de faire éjaculer le pénis juvénile sur mes seins. Ce fut ma première fellation. Je criai victoire en badigeonnant mes collines d'amour avec sa liqueur. Je saluai ma réussite car j'avais su conserver ma virginité.

Je me réservais.

Il me fallut attendre la rencontre avec Monsieur Jacques pour découvrir l'orgasme vaginal.

Madame Irma était une femme avisée. Elle comprit ma déception après mon expérience avec le puceau et elle se fit un devoir de me procurer celui qui me ferait grimper au septième ciel. Elle se mit en quête de me chausser telle une princesse des mille et une nuits. Pour ce faire, elle interrogea ces dames du bordel les unes après les autres. Elle nota méthodiquement les performances des habitués et en vint à conclure que le médecin qui visitait ses femmes était l'homme de la situation. Comme Madame Irma tenait à ce que sa maison soit exemplaire, elle ne rechignait pas sur les visites de Monsieur Jacques, et ce dernier se payait sur la marchandise. La réputation notoire de l'établissement dépendait de lui.

Ce qu'elles m'avaient toutes caché, d'un commun accord, ces femmes matures, et que je découvris à notre première rencontre, car il y en eut d'autres de ces rendez-vous, l'homme étant fort disputé entre nous, ce fut sa singulière manie.

Monsieur Jacques était souffrant. Malgré les remèdes qu'il préparait lui-même afin de ne pas divulguer ce qu'il considérait comme une infirmité, il n'arrivait pas à relever sa verge quelle que soit la nudité placée devant lui. Il bandait mou ce qui fait qu'à la vue de mon gazon bien fourni, de mes mamelons rosés et de ma peau douce et parfumée, il resta de marbre. Impassible. Je fus décontenancée par ce que j'étais en train de vivre. N'importe quel mâle aurait eu une érection. Nous étions nus, face à face. Ne sachant comment agir, constatant mon incompréhension, il m'intima de me mettre à quatre pattes sur le sol tandis qu'il me dominait. C'était nouveau pour moi. Il me demanda alors de bouger mon joli cul, de le remuer dans tous les sens, ce que je fis immédiatement.

Tandis que j'accomplissais ma prestation en élève consciencieuse, je l'entendis respirer bruyamment. Je me retournai alors, volontairement désobéissante.

Je vis Monsieur Jacques les jambes écartées, sa main droite sur sa hanche et l'autre sur son sexe. Il l'avait attrapé et se masturbait en solitaire. J'étais hypnotisée par l'acte. Je voulus contribuer à la chose mais il m'en empêcha, certifiant qu'il savait mieux que quiconque arriver à ses fins par ce procédé. Il avait besoin, me confia-t-il, de s'adonner à cette pratique avant de me pénétrer.

Ne sachant quoi faire en attendant qu'il ait fini, je m'étendis sur l'édredon en plumes d'oie, moelleux à souhait, et je pris l'initiative de me chatouiller sous ses yeux. Amusé, il s'approcha du lit et vint se coller à moi. Je pouvais sentir ses doigts toucher les miens. Tout en continuant à se branler, il participa à mes caresses. Il tira légèrement sur les grandes lèvres tel un violoniste sur son archet, puis s'attaqua à faire vibrer l'âme qui se situait à l'intérieur. Il passa sa langue sur son majeur et l'introduisit doucement dans mon intimité, sans heurt ni violence. Il le ressortit aussitôt pour s'attarder sur les bords des petites lèvres qu'il s'appliqua à mouiller avec sa salive. Ce jeu plaisait à nos deux corps et nous aurions pu continuer ainsi encore un moment lorsque, sentant son agrément naturel tendu, Monsieur Jacques me pénétra tout en ne cessant point les prémices. Il sut augmenter le rythme de son bas-ventre jusqu'à atteindre le paroxysme du désir. En moi, les vagues déferlaient. La grande marée remontait le long de ma colonne vertébrale. Elle m'envahissait. J'étais vaincue. Je rendis les armes en même temps que lui, mon dévirginateur m'inondant de sa semence dont il fallut me débarrasser illico presto.

Étourdie, je me mis sur mon séant et procédai à ma toilette intime sur le bidet. Par nécessité, chaque chambre en possédait un réservé à cet usage avec son lot de fioles qui contribuaient à anéantir le liquide procréateur.

Je suivis scrupuleusement les consignes de notre médecin adoré qui prenait soin de notre hygiène corporelle et veillait à ce que nous ne soyons point enceintes. Être engrossée était une angoisse permanente au sein de la maison. Nous en parlions souvent entre nous car certains civils refusaient catégoriquement l'indispensable protection. Ils rechignaient à utiliser la capote anglaise, prétextant qu'elle diminuait la jouissance. L'enveloppe caoutchoutée les incommodait, plaidaient-ils. Pour ces opposants au latex défiant la syphilis, elle représentait une forteresse éloignant le gland de la muqueuse vaginale. Ces adorateurs de la chatte connaissaient les dangers encourus et s'en moquaient éperdument. En revanche, les militaires, en bons soldats obéissants, n'auraient jamais pris le risque d'une mise à pied à cause d'une maladie vénérienne. Pourtant, selon les constatations de Monsieur Jacques, elle sévissait chez les deux sexes. La honteuse maladie nous punissait tous. Avec John, l'éjaculateur précoce, je fus tranquille de ce côté-là. Madame Irma me l'attribuait d'office lorsqu'il se présentait à notre porte et je pouvais manœuvrer sereinement en sa compagnie.

D'origine écossaise de par sa mère, John fuyait les uniformes et se réfugiait chez nous vers midi. Je me suis toujours demandé s'il ne toquait pas à cette heure-ci dans le but d'obtenir aussi un repas chaud. Je soupçonnais Madame d'avoir pitié de lui. Je n'ai jamais eu ma réponse. Quoiqu'il en fût, je m'occupais de son pénis avec prudence. Trop vite, le fusil aurait tiré son coup ; trop lent, l'anguille aurait ondulé sans parvenir à la fermeté. Faire bander John demandait donc du doigté et des doigts, j'en possédais dix pour accomplir mon ouvrage.

Le rituel consistait à le dévêtir en douceur, le brusquer aurait abouti à un échec cuisant. Possédant peu d'habits, l'action était rapide et aisée. Je me devais de caresser son dos en premier, et de descendre jusqu'à la raie des fesses. Je glissais ma main sous ses bourses. Là, je m'attardais un peu. Je tripotais ses réservoirs un moment, histoire de mettre John en condition.

Je surveillais de près l'érection tout en le faisant reculer vers le divan car il préférait le Récamier au lit.

Là, je continuais mes caresses, d'abord sur les épaules en lui mordillant l'oreille au passage, puis sur son ventre roux. Dieu merci, il était peu poilu pour la quarantaine. Ensuite, il me restait à l'échauffer, parfois en station debout, le corps droit et la pensée vagabonde, parfois assis, soumis à ma volonté.

J'adorais le posséder, exécuter mes caprices avec lui.

Je m'agenouillais en face de sa verge que je le décalottais et j'entamais alors le jeu des pattes d'araignée. J'aimais le sucer en tétant ses couilles. Je me hasardais à introduire mon index dans son anus. Alors, il glissait mollement vers l'avant, appréciant à sa juste valeur ma hardiesse, fermant les yeux, dominé par son anuiste fellatrice. Il éjaculait en poussant un " Dieu que c'est bon ". Je déglutissais rapidement la petite quantité de liqueur recueillie dans ma bouche. Je le basculais sur le dos et je m'empressais de jouer du pinceau avant qu'il ne débandât complètement. J'actionnais son vit de haut en bas et de bas en haut sur mon clitoris. Il se laissait faire, à moitié endormi. Lorsque l'orgasme tardait à venir, il m'aidait en branlant mon bouton d'amour. Je n'avais plus qu'à me concentrer sur mon plaisir. L'orgasme montait en un feu d'artifice. Le bouquet final éclatait et c'était à mon tour d'inonder le bas-ventre de John.

Avec notre client Jean-Louis, le scénario des jeux amoureux était différent bien que les deux hommes se ressemblassent par certains côtés, je nommerai la grande passivité.

Jean-Louis avait été envoyé à Monsieur Jacques suite à nos descriptions. Le médecin l'avait écouté décrire son fantasme et l'avait diagnostiqué. Le verdict était sans appel : homosexuel refoulé. La pédérastie étant interdite par le troisième Reich, il n'y avait guère que chez nous qu'il pouvait assouvir son vice, proclamait-il à notre groupe.

Musclé, des yeux gris bleus, une tignasse blonde mal coiffée, personne ne se serait douté que notre Jean-Louis était un dépressif rongé par une sexualité non assumée. Se libérer de sa tristesse était l'unique raison de ce campagnard débarquant à Paris. À peine sorti de la gare, il arrivait chez nous avec le faible espoir d'oublier sa mélancolie. Mieux valait baiser une prostituée attentive à vos besoins qu'une chèvre. Notre mission consistait à lui rendre cette joie absente, à lui éloigner la pensée saugrenue d'exécrer son corps.

" Se haïr n'apporte rien " lui confiait Monsieur Jacques. Nous étions toutes d'accord sur ce précepte haranguant qu'un postérieur masculin ou féminin, en vue basse, restera toujours un cul en dépit de la forme. En définitive, nous étions une psychothérapie adaptée à son cas, au traitement très spécial, loin des thérapies médicamenteuses.

Quand Jean-Louis franchissait le seuil de notre maison, la femme disponible, c'était souvent Marthe, se joignait à moi. Il fallait se presser pour se vêtir. Nous montions tout de suite à l'étage tant son impatience était grande.

Nous n'avions pas le temps d'occulter la pièce en tirant les épais rideaux. Il fallait lui arracher ses vêtements et les disperser sur le sol. Le désordre amplifiait son fantasme.

Habillées en homme dans nos costumes trois-pièces, nous l'effeuillions tel une marguerite. Nu, nous le couvrions de baisers, particulièrement sur les mains sans avoir résolu le but de ce besoin farfelu. La récréation s'éternisait une demi-heure. Dans sa bestialité, il consentait à se laisser sucer par une de nous deux tandis que l'autre lui embrassait les fesses. Celle qui s'occupait de son vit menait le divertissement libertin.

En position accroupie, j'aimais m'occuper de son cul qu'il avait soigneusement lavé avant de venir. Il sentait bon le savon de Marseille et j'introduisais volontiers le bout de ma langue dans son fondement.

Au signal de la tape sur la joue reçue par la compagne, nous savions toutes les deux quoi faire. Nous nous redressions lentement en activant nos mains sur son corps. En reculant, Marthe, la suceuse désignée, allait s'appuyer contre le montant du lit. Je suivais en le masturbant par-derrière. Il s'arrêtait devant sa gourgandine. Je recommençais à enfoncer ma langue dans son cul pendant que Marthe prenait le relais de la masturbation d'une main experte. Elle décalottait le gland avec vigueur, n'excusant pas le répit à cette verge gonflée. Jean-Louis haletait de la même façon que le taureau de sa ferme. Puis Marthe me faisait signe qu'il bandait dur.

L'audace était mienne. Je l'enculais avec mon majeur, cherchant l'endroit réceptif à la jouissance. À tour de rôle, Monsieur Jacques nous avait appris à enfoncer le doigt jusqu'à la prostate sur ce cobaye volontaire. Surpris, il l'était toujours. Il retournait Marthe, dégrafait son pantalon, le baisser et remonter sa chemise au niveau de sa taille. Il la sodomisait à grand renfort de " Han " qui devaient s'entendre du salon. Elle se faisait fourrer par son vit, les jambes écartées, légèrement penchée vers l'avant, agrandissant sa lune afin qu'il la pénétrât mieux. Pendant ce temps, j'avais sorti de la poche de mon pantalon un godemiché. Je fourrageais alors son cul avec mon objet, entrant et sortant tour à tour, mimant le pénis d'un partenaire masculin. Jean-Louis donnait du corps dans Marthe comme une bête. Il jouait des reins et battait ses génitoires contre ses arrières charmes. Il enclouait son homosexualité au gros cul de la belle. Il éjaculait sa haine de soi par la queue tendue. Couilles vides, il repartait alors satisfait et heureux dans sa campagne, rejoindre son cheptel jusqu'à la prochaine déprime.

Déprimée, elle l'était ; révoltée, aussi. Les mots d'outre-tombe giflaient sa dignité. La droiture qu'inspirait l'aïeule volait en éclats et transpirait l'hypocrisie. Pauline avait voulu savoir et le piège s'était refermé sur elle. Des gouttes de sueur perlaient à son front blême. Elle les chassa d'un revers de main.

La jeune fille regarda sa montre. Cela faisait environ quarante-cinq minutes qu'elle avait ouvert le recueil de sa grand-mère.

Devait-elle continuer à lire et découvrir qui était le Francis de cette famille aux mœurs peu vertueuses, ou bien jeter la confession dans les flammes de l'enfer ?

Quelle était la part de hasard ? Se confondait-il avec la contrainte au point d'avoir emmené dans son sillage la vie des siens ?

Elle souhaitait du fond du cœur que ces maudites pages devinssent blanches, mais les lettres s'alignaient sur les lignes, immobiles, occupant l'espace des feuilles et celui de son esprit. D'une nature rationnelle, elle décortiqua le problème, l'analysa sous différents angles et parvint à la conclusion qu'il valait mieux connaître la vérité d'une source sûre. Contrer les calomnies futures ne serait pas facile car déshonneur il y avait. Il lui faudrait affronter seule le dénigrement et prouver le repentir familial.

Plus aucun mensonge, Pauline, émit-elle à voix haute dans le grenier.

Elle replia ses jambes sous elle. En position de tailleur, elle poursuivit sa lecture.

CHAPITRE VIII

À la fin des années 1944, notre pays en guerre équivalait à une coquille de noix sur un océan tumultueux. La tempête pouvait surgir n'importe quand et, dans le cas de Madame Irma, elle débéula avec la débâcle de nos généreux occupants.

Fini les bijoux, les fourrures, les tableaux, la nourriture au marché noir et l'argent dans la corbeille.

Le gouvernement français allait rétablir ses lois et notre survie en dépendait. Le temps nous était compté. Nous déménageâmes prestement pour nous installer en province, à Poitiers, une ville suffisamment éloignée des turbulences parisiennes.

Nous reprîmes, dans la clandestinité, notre métier, le seul que j'avais pratiqué depuis ma majorité. Nous n'étions plus que trois dans la maison, la fidèle Marthe, l'effrontée Jacqueline et moi-même. Madame Irma triait ses relations, il y en allait de notre survie, et notre bon Monsieur Jacques rabattait le client venu en consultation à son cabinet, lequel client était fort désireux de s'affranchir des libertés parisiennes. Le train-train reprenait avec les alliés et les industriels du Poitou à une lenteur d'escargot. Ce fut à cette époque que je rencontrai Francis Poirier.

À cinquante-six ans, il affichait un visage de vieillard. Il s'était battu pour sauver son entreprise florissante de matériel médical. Il avait su garder ses ouvriers et ses ouvrières en dépit des menaces allemandes. Cinq années d'occupation l'avaient épuisé. Il ne s'était point marié, n'avait pas eu d'enfant et se lia d'amitié avec la jeunette que j'étais. Il passait me voir à l'établissement de Madame, discutait en fumant un cigare, puis il rentrait chez lui.

Un jour, je lui fis une confidence. Je ne supportais plus un dénommé Louis, un dandy affectivement vide. J'entrepris de lui décrire notre relation, les bras enfouis dans le giron protecteur.

Le dénommé Louis éprouvait ni colère, ni tristesse, ni joie. Il allait au bordel comme il allait au marché. " Je dégorge le poireau " qu'il expliquait en se gaussant.

Sa vulgarité annihilait ma jouissance. J'éprouvais à son contact, la désagréable sensation d'avoir épousé la profession de péripatéticienne. Grâce à lui, je prenais conscience que j'étais une catin avant de terminer, un soir, en guenipe.

L'amour était sali.

Il réclamait les positions du Kama-sutra très en vogue à l'époque. La levrette, le missionnaire ou le tête-bêche étaient bannis de son vocabulaire. Nos supplications vis-à-vis de ces exercices périlleux touchèrent la corde sensible de Madame Irma. L'utilisation inappropriée des meubles de la demeure et les ustensiles sadomasochistes qu'il apportait malgré nos récriminations finirent par convaincre Madame. Elle se rangea à nos remarques et conclut que le Louis était néfaste pour le commerce. Sa conclusion était juste. Elle eut un mal fou à lui interdire la venue.

Après son départ, la clientèle se fit rare, le fait du hasard ou de la conséquence. La paix avait été signée et la cellule familiale reprenait ses droits. Les jeunes filles en âge de procréer compensaient le nombre de pertes subies par les enfants à naître. Les couples forniquaient dans les chaumières. L'adultère était devenu un péché national. La France avait besoin de ses fougueux patriotes en manque de sexe propre.

La loi Marthe Richard, qui indignait notre bonne Marthe à nous, nous obligea à nous retirer du milieu de la prostitution courant 1 946. Les maisons closes fermèrent définitivement. Jacqueline retourna battre le pavé parisien contre l'avis de Madame. Marthe se mit en ménage avec Monsieur Jacques, elle était sa préférée. Madame Irma vendit la maison, en acheta une moins spacieuse à la périphérie de la ville et se fit oublier. Quant à moi, Francis vint, un soir, me chercher avec son automobile et me conduisit dans cette demeure bourgeoise. Le brave homme l'avait acquise la semaine ayant suivi ma confession, déterminé à me libérer du joug de la luxure, et l'avait aménagé dans ce but.

À mes yeux, il fut le chevalier dont rêvent les petites filles, la tête dans les étoiles.

Je me souviens de ce jour comme si c'était hier.

À peine descendis-je de voiture qu'il m'enlaça tendrement. Sur le perron, il me souleva tout en engageant la clé dans la serrure et me fit franchir le seuil telle une jeune mariée. À son âge, l'effort lui coupa le souffle et il me déposa sur le carrelage dans le hall d'entrée. Désireuse de l'aider à mieux respirer, prévenante envers sa personne, j'entrepris de lui ôter son pardessus. Il se dirigea vers un vaste boudoir qui fut, plus tard, la salle à manger car je changeai la disposition du mobilier. Il alluma papier et brindilles dans l'âtre. Le feu prit immédiatement. Les flammes montaient haut dans la cheminée. Le bois crépitait, réchauffant l'atmosphère.

Je hume encore le parfum de la branche qui brûlait.

Francis ouvrit un meuble faisant office de bar et nous servit un cognac dans les verres en cristal de Bohème reflétant l'éclat rougeoyant du foyer. Nous le bûmes en nous perdant chacun dans le regard de l'autre.

L'instant fut magique.

Nos lèvres se cherchèrent avidement. Nos langues se lièrent dans une passion ardente. Il enleva sa veste. Je fis pareil avec mon tailleur. Il glissa une main sous mon chemisier, écarta le bonnet de mon soutien-gorge et caressa mon sein droit. Je sentis l'autre main remonter l'intérieur de ma jambe gauche. Cette dernière effleura ma culotte et pressa ma chatte. Il fit sauter les boutons du chemisier et mordilla mon téton durci. Son doigt de cour s'insinua sous la dentelle parmi les poils pubiens légèrement humides et trouva le chemin vers la coupe divine. Je me pâmai d'aise. Je m'enhardis à toucher son sexe. Il était prêt à bondir hors de sa prison. Il refusa mon attouchement et je sus, à ce moment précis, que je n'étais plus une putain mais une femme à qui un homme entreprenait de lui faire l'amour.

Je retrouvai la timidité de l'adolescence et la grâce naïve des émois naissants. Je m'abandonnai à la volupté que m'offraient la bouche et les doigts de Francis. Il effaça ainsi les marques humiliantes dont je n'avais eu réellement conscience jusqu'à présent. J'avais été avilie à mes dépens et cet homme généreux lavait la souillure des amants libertins que j'avais fréquentés. Il m'appartint de rayer de ma mémoire mon ancienne vie. Je le fis dans un débordement d'orgasmes où mes forces s'éteignirent avant de se ranimer sous l'effet du vit de Francis. Dans ma ferveur à effacer les souvenirs lubriques, la main habituée à la débauche serrait le dispensateur des plaisirs avec une telle force que mon sauveur ne pût se soustraire à ma volonté. Empressée et autoritaire à la fois, j'obligeai son pénis à traverser le temple, à s'enfoncer vers l'autel afin de déposer à ses pieds le baume de vie. Ce fut ma nuit de noces.

L'enfant fut conçu avant que la rivière qui s'écoula de nombreuses années, ne finisse pas se tarir. Iréna naquit de cette union choquant les bigotes du village. Une fillette non reconnue, une mère célibataire, seul le pouvoir de l'argent dictait le respect.

Ainsi va le monde, ma petite fille car si tu es en train de lire ces lignes, c'est que je ne suis plus.

Auras-tu le courage de nous pardonner ?

Ta grand-mère, Maria.

Quelle est la signification de ce nous ? pensa Pauline en tournant la page.

Des feuillets, arrachés d'un calepin, avaient été insérés dans le carnet de notes. La jeune fille aurait dû être interpellée par l'épaisseur qui gonflait le livre à cet endroit, mais elle n'y avait pas prêté attention lorsqu'elle l'avait sorti de la boîte.

Pauline détailla le nouveau récit. Le papier semblait récent. La graphologie avait changé. La barre des t et des l était penchée, la forme des o était plus ronde, les e étaient fermés. Elle réalisa de suite. Elle connaissait la personne qui avait noirci ce carnet d'écolier. Le graphisme maternel s'étalait sous ses yeux dans la pénombre.

Un immobilisme mortifère glaça ses membres.

Elle était abasourdie.

Une colère sourde grondait dans ses entrailles.

Lentement, l'insoumission germait au milieu de ses pensées confuses.

J'irai au bout du tunnel, jura Pauline en fixant les glaces de l'armoire. Je suis venue, j'ai vu et je vaincrai ce défi.

CHAPITRE IX

À force de rester immobile dans la même position, Pauline avait le fessier endolori et ses genoux lui faisaient mal. Elle était blessée moralement et physiquement. Elle déplia ses jambes, posa le livre par terre et se leva. Elle se mit en quête de se procurer un tissu confortable à défaut de coussin. Elle rapporta de sa fouille une espèce de couverture en coton qu'elle plia en quatre après l'avoir examinée de près. Elle ne souhaitait pas s'asseoir sur un linge en provenance d'un lupanar quelconque. Il y avait des limites à son endurance psychologique. Pas question d'achever sa moralité par un coup de massue provoquée par des spermatozoïdes séchés.

Cette fois-ci, elle se positionna proche de la fenêtre, le dos appuyé contre le mur. Elle songeait à sa mère.

Interprète de profession, parlant couramment cinq langues, l'anglais, l'allemand, l'italien, l'espagnol et le français, Madame Iréna Valentini était souvent sollicitée. Elle avait pris l'habitude d'écrire vite sous la dictée des conférenciers à travers le monde. Les voyages étaient nombreux et donnaient l'occasion à la petite fille d'être gardée par sa grand-mère dans le duplex du seizième arrondissement de Paris, lequel appartement était loué depuis le décès maternel. D'ailleurs, Pauline avait envisagé de le récupérer lorsqu'elle s'était projetée dans sa vie professionnelle en s'inscrivant aux classes préparatoires consacrées aux mathématiques dans un lycée de la capitale.

Mes projets seraient-ils compromis ? soupira-t-elle en rouvrant le carnet de notes. Que vais-je apprendre de votre bouche, ma mère ?

Elle entreprit de déchiffrer les pattes de mouche maternelles.

Ma mère, écrivait Iréna, n'a jamais eu ouï dire de mes activités extra-estudiantines. Si elle avait eu connaissance de mes agissements, elle en serait morte de honte.

Après ce que je viens d'apprendre, se dit Pauline, permettez mon sarcasme, ma mère.

J'ai rapidement su que le sexe m'attirait comme un aimant. Au cours de ma puberté, mon regard se dirigeait plus souvent vers les braguettes de mes camarades de classe que vers leurs biscoteaux. Dans la rue, j'avançais en reluquant le cul des hommes mûrs, calculant mentalement la grosseur de leurs pénis en prenant comme critère leur taille et leur embonpoint. Cela s'avéra être une regrettable erreur prouvée par mon initiation sexuelle.

Contrairement aux idées reçues, ce fut une copine de classe qui m'effeuilla la marguerite durant le printemps de mes quatorze ans. Profitant d'une heure d'étude, nous prétextâmes un impératif féminin pour courir nous enfermer dans les toilettes des filles. Réfugiées dans un des cabinets, Jeanne s'évertua à me démontrer qu'elle était une lesbienne aguerrie.

Elle s'assit sur la lunette des w.-c. et m'obligea à me positionner sur elle, les cuisses bien écartées. Elle remonta lentement ma robe jusqu'à mon nombril et s'esclaffa à la vue de ma jolie culotte en coton rose, remède " anti-copulation " selon ses dires. Son rire cristallin me détendit et je fis passer par-dessus tête la robe Cacharel que je portais. Évidemment, le soutien-gorge était rose lui aussi ce qui augmenta l'hilarité de Jeanne. Elle s'empressa de le dégrafer. Elle rapprocha mes tétons avec ses mains et les mordilla ensemble. Ses dents les emprisonnaient sous sa langue. J'eus l'impression que ma poitrine gonflait sous les picotements ressentis. Mes seins pointaient vers l'avant deux puissants dards qui en redemandaient.

Abandonnant ma poitrine, elle remonta vers mes lèvres en m'embrassant le cou tandis que sa main droite caressait plus bas, avec un geste tendre, le tissu rose. En me suçant l'oreille, elle fit claquer l'élastique ce qui me provoqua une onde de plaisir à l'entrejambe. Cette petite cochonne maîtrisait l'affaire. Je fléchissais sous son emprise. Elle posa ses lèvres sur les miennes pendant que son index soulevait ma culotte, libérant un espace suffisamment grand pour y loger sa main. Elle me susurra des mots doux en farfouillant ma chatte. Elle prit mes lèvres une seconde fois en branlant mon bouton d'amour. Je cédais sous le plaisir défendu. Elle m'ouvrit la bouche avec sa langue et m'embrassa goulûment tandis qu'elle me branlait de plus en plus vite et de plus en plus fort. Je bandais des seins et du mont-De-Vénus. Je mouillais le fond de ma culotte. À ce niveau d'excitation, elle me demanda de me lever ce que je fis en pure innocence. Elle abaissa l'obstacle rose et s'approcha de ma toison de jeune fille pubère. Elle écarta les grandes lèvres et me montra mon clitoris en feu rouge et tendu. J'étais gênée de me voir ainsi, gêne qui s'estompa lorsqu'elle l'aspira. Je ne voyais plus qu'une chevelure. Penchée vers elle, je gardais les yeux ouverts et contemplais le spectacle. Ses cheveux ondulaient sur ses épaules tandis qu'elle me suçait et me léchait en même temps. Elle me déflora avec son majeur tout en aspirant mon clitoris. Les va-et-vient incessants de son doigt et de sa langue eurent raison de ma résistance. L'opposition céda à l'amour interdit. L'orgasme vint, puissant, révélateur, spontané. Mon initiation aux plaisirs du corps ne faisait que commencer.

Dans cette veine consacrée au léchage, j'ai rencontré des hommes bizarres. Je me souviens particulièrement de deux, un Karl et un André.

Au cours d'une soirée à la faculté, je fus abordé par Karl, un mathématicien de trente-six ans, très BC BG, aux cheveux clairs, portant la moustache finement taillée. Ce qui m'attira de suite chez lui, c'était son petit bouc qu'il avait teint en bleu. Cela contribuait à le différencier des autres mâles évoluant dans la salle. J'aurais dû être méfiante. Cette particularité présageait, en fait, une incongruité comportementale.

Karl baisait les chaussures de ces demoiselles. Il reniflait la pestilence de la rue. Il ne pouvait éjaculer qu'en léchant les semelles de mes bottes, mocassins, sandales, pantoufles, etc. Il savourait la crotte de chien écrasé. Peu lui importait le modèle pourvu que ce fût un soulier, soulier que je devais hisser à la hauteur de ma chatte. Le transfert sexuel opérait en inondant le carrelage de mon studio. Inopérant envers mon sexe, je devais me satisfaire moi-même. Cela ne m'amusa pas longtemps.

À son opposé, l'André était ce que nous appelions entre copines un " bouffeur " de minou. La chose, en elle-même, aurait pu être réjouissante sauf que je n'étais pas convaincue par la superposition des objets qu'il empilait à mon intention. Il me léchait en hauteur. La dangerosité l'excitait. Le fait que l'acrobate, en l'occurrence moi, puisse tomber le faisait bander. En dépit de sa virtuosité à aiguillonner mon clitoris, la peur de me casser la gueule d'un tabouret, d'une pile de livres ou d'une pyramide de coussins stoppa net les exercices du week-end que je dénommais ironiquement " le broute en l'air du gazon ". Les cours s'achevaient, la romance s'acheva aussi.

Sur tes conseils, maman, j'ai profité des vacances estivales pour améliorer mon italien. Je partis visiter Florence, la ville des Médicis, de l'art par excellence et des bijoux achetés sur le célèbre Ponte Vecchio, pont qui surplombe le fleuve Arno.

Les florentins usaient de leurs charmes en prenant exemple sur le modèle vénitien : le séducteur Casanova.

Une femme ne leur suffisait pas, il les leur fallait toutes et ces coureurs de jupons se vantaient, en société, de leur tableau de chasse. Ils affirmaient que leur cœur s'emballait en apercevant une jolie paire de jambes moulées dans un jean serré, un décolleté profond, une jupe étroite et des talons aiguilles.

Je n'avais rien emporté de semblable dans ma valise. Remédier à ma tenue vestimentaire fut ma priorité et mon salut.

Je perdis ma virginité avec Giorgio, un petit gros qui me dégusta centimètre carré par centimètre carré. Ce fin gourmet savoura chaque partie de mon corps bronzé. Il se délecta aux berges du précipice en parcourant l'amoureux sillon et me suça telle un bonbon jusqu'à fondre dans sa bouche. Plusieurs fois, il tendit son obélisque vers mes lèvres avant de revenir vers moi, offrant son gland à ma bouche gourmande, renouvelant ce jeu jusqu'à la nuit tombée.

Le Giorgio était un pur-sang qui caracolait autant sur la moquette de l'hôtel que sur le lit.

À la lueur des réverbères tamisant la chambre, il harmonisa la cadence de son pénis avec celle de mon bassin. Nous haletions, bêtes inassouvies sur le mont Olympe. Genoux repliés, mes cuisses battant ses flancs, il m'enconna jusqu'à la garde de son épée, ses deux mains m'agrippant les hanches. J'étais sa proie et j'aimais ça.

J'aimais qu'il me défonçât car j'étais une salope qui jouissait, jouissait…

Ah ! Quels orgasmes ce furent !

La première fois qu'il me prit, trois gouttes de sang témoignèrent de mon dépucelage, ravivant son ardeur. Il me défonça de nouveau.

Quelle ivresse des sens !

Mon excursion italienne fut inoubliable. Un mois de luxure !

Je fus plus assagie en Espagne en fréquentant un vieux loup des mers au point de m'ennuyer de sa présence au bout d'une semaine. Le dicton se trompait et j'en fis les frais.

Ô rage, Ô désespoir.

Une femme dans chaque port épingla la rengaine au rivage des coucheries ratées. Avec Luis, j'étais censé entendre, l'oreille collée à son mollusque, le grondement impétueux du flux. Je perçus, en effet, un vague sifflement lors de nos ébats qui s'avéra être l'onde sonore d'un nez bouché. La respiration lui manquant, le cunnilingus fut proscrit. Être malmenée comme un ballot de vieilles nippes ne me divertissait guère, emprisonnée dans un filet non plus. Je n'aimais pas être attachée. Je l'ai toujours détesté, moi, la meneuse de revue munie de sa baguette.

Six jours plus tard, je poursuivais mon chemin. J'en avais assez de bourlinguer. Je rentrai à mon port d'attache raconter aux copines mes exploits amoureux.

Pauline jeta le carnet à ses pieds, soulevant par ce geste un nuage de poussière. Elle essuya ses mains moites. Elle transpirait sous les tuiles du grenier non isolé. Son tee-shirt était imbibé de sueur et taché par endroits.

Peut-il exister une fin inéluctable qui romprait définitivement l'enchaînement de ce schéma se reproduisant à l'infini ? se demanda-t-elle. Peut-on arrêter la roue de la débauche ? Stopper le train de la lubricité pendant le cours de sa marche infernale ? Où se situe la parenthèse ? Serais-je comme elle lorsque je ne serai plus vierge ? Existe-t-elle ou dois-je la créer afin de conjurer le sort que Dieu a lancé sur nous, si ce Dieu appris depuis que j'ai l'âge de raison existe ? Et la raison, dans tout ce débat idéologique qui n'en est pas vraiment un, quelle est-elle ? Trouverais-je la réponse au fond de moi ? Qui saura m'éclairer ?

La jeune fille tourna son visage vers la fenêtre. Elle admira le parc à travers le carreau. Elle aperçut la silhouette d'Alberta s'appuyant sur sa canne devant un massif. Elle semblait admirer la taille du rosier en fleurs. Pauline détourna les yeux, regarda de nouveau sa montre et jugea qu'il lui restait environ deux heures avant que l'obscurité enveloppât le grenier. Elle attrapa le terrible livre, compta le nombre de feuilles restant à lire et s'arma de courage.

CHAPITRE X

Les gens disaient que Paris était la capitale où l'adultère était roi, l'homme et la femme se fourvoyant, les couples s'affichant pervertis et volages. Cette maxime fut démontrée par celui que j'appellerai Cyril, prénom d'emprunt tant ce que je rapporterai à travers ces lignes me parut exceptionnel.

La nymphomanie est connue chez la femelle, et je précise femelle car il en va aussi des mammifères, mais qu'en est-il du monde masculin ? Cyril me démontra que cette exagération des désirs sexuels se logeait aussi dans le corps de l'homme. Son appétit sexuel n'arrivait pas à être rassasié. Une seule partenaire ne suffisait pas à le contenter d'où un défilé de paires de fesses dans son appartement le samedi soir.

Ayant eu vent de ce phénomène, je m'arrangeai pour m'incruster à la prochaine sauterie. Le soir du rendez-vous mondain, j'optai pour une tenue légère bien que nous fussions à la mi-novembre. Sous-vêtements en dentelle beige, jupe courte en cuir marron foncé, gilet crème en cachemire à même la peau, cuissardes couleur chocolat, manteau long en laine gris chiné.

Au bas de l'immeuble, j'appuyai sur l'interphone. Une voix masculine me répondit aussitôt.

- Troisième étage, porte de droite en sortant de l'ascenseur.

Arrivée sur le palier, la porte d'entrée était entre-baillée. Je refermai derrière moi et me dirigeai vers les échanges verbaux qui me parvenaient dans le couloir.

Quatre filles étaient déjà présentes. L'une, d'allure quelconque avec ses gros nichons, ne prêtait pas à l'attention. Je l'aurais volontiers mise dehors. Deux Asiatiques filiformes étaient jumelles. Un bon choix. La dernière était une belle rousse aux yeux bleus, le visage parsemé de taches de rousseur. Une perverse dans un corps de prude. Elles minaudaient devant un mâle à la trentaine, grand, svelte, aux cheveux noirs bouclés. Il portait des bottes noires, un jean noir, un pull-over noir, et il y avait même une boucle d'oreille noire qui pendait à son lobe droit. Il apprécia ma tenue de circonstance et sourit à mon intention.

- Bienvenue dans mon humble demeure, dit-il en me tendant une flûte de champagne rosé.

L'humble demeure consistait en un luxueux deux pièces. Il m'expliqua qu'il avait fait abattre la cloison de la chambre d'amis afin d'augmenter le volume du salon. Le mobilier avait profité de l'agrandissement. Deux canapés trois places, trois fauteuils et un pouf se partageaient l'espace. La couleur miel des meubles s'accordait avec le papier peint bleuté des murs. La table basse en bronze doré supportait le seau à champagne garni de glaçons.

Le Cyril précité ramena de la cuisine les amuse-bouches. Une des filles lui prit le plateau des mains et il retourna chercher une Laurent Perrier.

Habituée aux réceptions de ma mère, je fus sensible à ce choix de connaisseur.

L'alcool aidant, nous eûmes tôt fait de nous apostropher amicalement. Le tutoiement gagna la joyeuse assemblée. L'ambiance était à la fête. Une des filles, prétextant la chaleur excessive de la pièce, commença à se dévêtir. Ce fut le signal du départ.

Cinq corps nus se rapprochèrent les uns des autres en une orgie féminine qui plut à l'homme. Il se mêla aux jeux des mains.

Les doigts caressaient les tétons, les ventres, les dos, les fesses et les cuisses. Certains se perdaient dans les cons tandis que d'autres excitaient la verge. Les chapelles s'ouvraient vers le dispensateur des plaisirs, l'intimant de tremper le vit dans le bénitier. L'une d'elle s'appropria le gland. Elle activa le bouton de rose à la satisfaction de nous toutes.

À fellation réussie, le boute joie grandit.

Il attrapa la rouquine par-derrière et l'envagina. Il forniqua puis passa à une autre.

Nous étions stupéfaites par la performance. Il tirait à bout portant sur tout ce qui passait à la portée de sa queue. Le membre viril n'avait point de répit. L'érection tenait la promesse. Il nous baisait debout, ou assis sur un des fauteuils, par-derrière en levrette sur le canapé ou bien allongée par terre les unes sur les autres, indifférent à notre gamahucherie, à se demander si notre 69 ne l'excitait pas davantage. Il nous enfourchait sans interruption, forniquant et ramonant à coups répétés, sodomisant le cul qui se présentait devant son obélisque en criant :

- Chienne, viens que je t'encule ! Ah ! La salope en redemande ! Prends donc ça dans ton joli cul de pute !

Nous eûmes tôt fait de comprendre que la difficulté se situait au niveau des bourses. Vider les réservoirs du mâle en rut devint une prouesse à accomplir et nous nous demandâmes qui remporterait la palme d'or dans ce défi sexuel. Il fallut trois heures de fornication continue pour qu'enfin il puisse éjaculer, badigeonnant les seins de la chanceuse avec son sperme. Il y avait longtemps que nous avions joui entre nous sans son aide.

Je m'abstins de revenir. J'appris, par la suite, qu'il était acteur de cinéma. Il tournait dans des films pornographiques sous un pseudonyme. Son handicap avait fait sa renommée auprès des réalisateurs et des producteurs. J'eus la curiosité de vérifier dans un sex-shop à Pigalle. Je reconnus son corps sur la photographie d'un DVD. L'étalon avait effectivement trouvé sa voie.

Heureusement que la planète ne regorge pas d'individus de sexe masculin à son image, la natalité serait en péril.

Après cet épisode, ma sexualité se tourna vers des pratiques acceptées par l'éducation religieuse dispensée dans ma jeunesse. Je me rangeai à une sexualité emplie de sagesse. Les jours s'écoulaient tranquillement. Je me consacrai à décrocher mon diplôme d'interprète.

Épreuves réussies, je m'accordai un mois de repos. Je consentis à partir en vacances avec toi, ma chère maman, à l'hôtel Carlton, le palace situé sur la Croisette. Ces jours furent divins à la fois par ta présence mais aussi par la rencontre avec celui qui devint mon compagnon, mon Édouard. Tu l'appréciais, mon homme, mais tu n'as jamais su pourquoi nous étions si proches. Je vais te l'avouer à présent. Notre complicité dépendait de notre acceptation mutuelle. Mon vécu sexuel, loin d'être un mur infranchissable, fut un pont dans notre couple. Franchir le Rubicon nous apporta un bonheur sans faille.

Lorsque tu sympathisas avec lui à la terrasse de l'hôtel, tu ne t'imaginais pas qu'il me plairait autant, moi la femme de vingt-huit ans avec un vieux de soixante-cinq, une différence d'âge quasi égale à celle qui vous séparait Francis et toi. Je revois les images où tu inventas une migraine pour nous laisser en amoureux. Tu t'éclipsas dans ta chambre au soleil couchant, ignorant que nous te suivîmes par l'escalier, dédaignant l'ascenseur que tu avais appelé. Nous allâmes directement dans sa suite. Il fut inutile de nous justifier. Nous abrégeâmes les préambules pour nous focaliser sur le déshabillage.

Il s'extasia sur ma lingerie en fine dentelle de Calais. La qualité luxueuse du body charma ses sens. L'entrejambe pressionné le ravissait par la délicate ouverture qu'il envisageait déjà béante. Il s'éclipsa dans la salle de bains et revint enveloppé dans un peignoir en coton blanc brodé aux armoiries de l'hôtel. Il me fixa et dénoua lentement la ceinture. Je m'approchai de lui et écartai le tissu. Il portait une ceinture en cuir d'agneau sur laquelle étaient suspendues des plumes. Il me rassura en me contant son aventure. Il n'était pas un travesti comme j'aurais pu le croire en le voyant déguisé de la sorte.

Garçonnet, il avait été attaqué par un coq à la ferme de ses cousins germains. Cette attaque avait malheureusement engendré une peur qui n'avait jamais disparu. Il avait fui la campagne et le monde agricole en emportant son secret, et vécu en ville depuis. Aux charmes de la nature, il avait préféré ceux de la finance, habitant dans des immeubles de standing avec gardien. Son pécule avait fructifié par l'intermédiaire de placements judicieux et par l'acquisition de biens immobiliers lui procurant des revenus confortables.

Par son discours, il dédramatisa la situation. Il m'avoua que sa phobie avait eu pour résultat de produire chez lui une impuissance passagère qu'il anéantissait grâce à ce truchement. Il suffisait de prononcer les mots adéquats.

À la fin de son récit, Édouard se mit à quatre pattes. Je flattai sa croupe en le traitant de bel oiseau.

- Paon, souffla-t-il en me regardant.

Je me repris, confuse d'avoir fauté.

- Oh, le beau paon ! m'exclamais-je. Qu'il est beau ce paon ! Il vient me faire la cour.

Édouard se dandina dans la suite, tournant autour du mobilier, soulagé et heureux. Je l'appelai en variant mes intonations.

- Oh, le beau paon ! Mon paon d'amour ! Qu'il est fier de son plumage !

Édouard souffla sur les plumes. J'aimais son jeu puéril. Il froufroutait sur la moquette du palace.

- Il vient vers sa paonne, dis-je en applaudissant. Le beau paon que voilà ! Il fait la roue.

À ces mots, la verge d'Édouard se dressa fièrement. Je continuai à l'acclamer jusqu'à ce qu'il me basculât sur le lit et fit sauter les pressions du body. Il me pénétra vigoureusement. J'eus la délicate attention de défaire la ceinture. Nous scellâmes cette nuit-là notre amour. Par la suite, je dénichai une cape en plumes de coq peintes et dorées à la main chez un couturier à la mode. Je la portais lors de nos ébats amoureux. Édouard était comblé. Nous vieillissions tous les deux dans notre bel appartement du seizième arrondissement.

Le besoin d'enfanter se pressentit à l'aube de mes quarante ans. Nous choisîmes la fécondation in vitro avec don de sperme. L'anonymat garanti par la clinique infléchit notre décision. Pauline naquit. Nous fûmes heureux jusqu'à ce qu'il mourût trois ans après la naissance de notre fille. Fin de l'histoire.

CHAPITRE XI

Pauline referma le carnet de notes. Elle n'avait plus rien. Le passé avait été balayé en quelques heures, l'avenir paraissait maintenant improbable, et ce rien était un tout. Le jour devenait nuit, une nuit obscure sous un soleil ardent où la chaleur des émotions se fondait dans le froid.

Elle ne s'approprierait pas cette hérédité maladive. Elle s'en éloignerait. Elle la fuirait comme la peste.

Déterminée, elle se leva.

Je ne forgerai pas mon avenir dans leur passé. Il leur appartient à elles, dit-elle en claquant la porte du grenier.

Elle dévala l'escalier.

Alberta était dans le salon.

Elle entra en criant.

- Tu m'as menti.

Elle jeta le carnet de notes sur la table basse.

Alberta ouvrit les bras sans rien dire.

Pauline se réfugia contre sa protectrice, le nez enfoui dans sa poitrine. Les larmes d'une rage contenue dans le grenier se déversèrent d'un coup.

Elle éclata en sanglots.

ÉPILOGUE

Monsieur Labardec rangea les valises et ferma le coffre de la Mercedes.

Épuisée, Pauline se tenait sur la terrasse avec Alberta. Elle avait discuté avec sa tante une partie de la nuit.

Pauline avait vomi sa colère puis la rancœur s'était diluée dans les pleurs. Elle avait maintenant compris pourquoi sa scolarité s'était déroulée dans une institution religieuse. Madame Maria Valentini avait magnifié la vertu en lui donnant le sens qu'elle n'avait su trouver pour elle, il lui appartenait à elle de trouver le sien.

Monsieur Labardec vit les deux femmes s'étreindre et se séparer.

Pauline descendit les marches du perron.

Il lui ouvrit la portière. Elle prit place sur la banquette arrière.

- Où allons-nous, Mademoiselle ? demanda Hervé Labardec.

- Au couvent Saint Dominique.

Fin